DESSIN :
AJICHIKA
SCÉNARIO :
SHINYA
UMEMURA
STORY-BOARD :
TAKUMI FUKUI
1

Chroniques du Ragnarök

Chapitre 1 | Ragnarök
TAP

TAP
TAP
SEULEMENT, CETTE EXTINC-TION...
CE N'EST NI UNE GUERRE NUCLÉAIRE ...
NI LA CHUTE D'UNE MÉ-TÉORITE...
PAS PLUS QU'UN ENVAHISSEUR VENU DE L'ESPACE...
QUI S'APPRÊTE À LA PROVOQUER !

ÇA VA COMMEN-CER...
HILDE !
GÖLL, BENJAMINE DES 13 VALKYRIES.
FSH
BRUNEHILDE, AÎNÉE DES 13 VALKYRIES.
NON, CE QUI EST SUR LE POINT DE METTRE FIN À L'HUMANITÉ...

C'EST LA VOLONTÉ...
DE SES PROPRES CRÉATEURS...

LES DIEUX ET
LES DÉESSES DU
MONDE ENTIER !

ASSEMBLÉE DU WALHALLA.
わや がや
BLA
BLA
わや がや
BLA
BLA
RAAH ...
PFIOU !
OH HISSE !
POF
HÉ HÉ !
BRAVE PETIT...
GRR ♡
GH ...

DIEUX ET DÉESSES ...
TOC
VOTRE ATTENTION S'IL VOUS PLAÎT !
UN MILLÉNAIRE S'EST ÉCOULÉ DEPUIS NOTRE DERNIÈRE SÉANCE...
IL EST TEMPS DE SE PENCHER À NOUVEAU SUR LA QUESTION.
ZEUS, DIEU GREC DU CIEL ET DE LA FOUDRE, PRÉSIDENT DE L'ASSEMBLÉE.

CELLE QUI NOUS RASSEMBLE ICI UNE FOIS TOUS LES MILLE ANS...
WOOSH
LA QUESTION DU SORT DE L'HUMANITÉ !

OUAH !
LES DIVI-NITÉS DU MONDE ENTIER …
SONT AU GRAND COMPLET !
C'EST IMPRES-SIONNANT …
TU NE TROUVES PAS, BRUNE-HILDE ?
…
BIEN, SANS PLUS ATTENDRE …
VOTONS !

EST-CE QUE NOUS ALLONS ACCORDER UN MILLÉNAIRE SUPPLÉMEN-TAIRE...
AUX ÊTRES HUMAINS ?
O K!!
OU BIEN...
ALLONS-NOUS LES DÉTRUIRE ?
BOUH!
IL EST TEMPS...
DE CHOISIR !
ザワ
BLA
ザワ
BLA
ザワ
BLA
A VOTÉ !

C'EST VITE VU, NON ? IL FAUT LES ANÉANTIR !
SHIVA (HINDOUISME), DIEU DE LA DESTRUCTION ET DE LA RECONSTRUCTION.
JE LES AI BIEN OBSERVÉS, CES MILLE DERNIÈRES ANNÉES...
ゴロリ
FUIT
ILS SONT IRRÉCUPÉRABLES ! J'AI FAIT ASSEZ D'EFFORTS ...
POUR ESSAYER DE LEUR MONTRER LA VOIE !
MOI, JE DIS QU'ON DEVRAIT TOUT RASER...
ET FAIRE ÉVOLUER UNE AUTRE ESPÈCE À LA PLACE ! ♪
O... OUH LÀ, CARRÉMENT...
C'EST VRAI...
TU AS RAISON, SHIVA !

DER-NIERS TEMPS...
L'ÉTAT DU MONDE N'A FAIT QU'EMPIRER !
APHRODITE, DÉESSE GRECQUE DE LA BEAUTÉ.
LES MERS SONT POLLUÉES...
LES FORÊTS SONT DÉVASTÉES, LES ESPÈCES DISPARAISSENT À GRANDE VITESSE...
AUTREMENT DIT...
L'ÊTRE HUMAIN EST UN CANCER POUR LES AUTRES CRÉATURES DE LA TERRE !
BLA BLA
OU PEUT-ÊTRE QU'ON DEVRAIT PARLER...
DE VÉRITABLE CATACLYSME ?
BLA BLA

BIEN PARLÉ, APHRODITE !
LES HUMAINS SONT UNE CALAMITÉ...
IL N'Y A QU'UNE SOLUTION...
EXACTEMENT ! ON NE PEUT PLUS RIEN FAIRE POUR EUX !!
BLA
BLA
BLA
BLA
DÉCLENCHER L'APOCALYPSE !
JE SUIS D'ACCORD !
TOUT À FAIT !
BLA
BLA
BLA
BLA
IL FAUT LES ÉLIMINER !
...
HILDE AVAIT VU JUSTE ! LES DIEUX VEULENT PROVOQUER...
LA FIN DU MONDE !
BLA
FINISSONS-EN !
CE QUI VEUT DIRE QUE...

NUL NE PEUT S'OPPOSER...
À LA VOLONTÉ DE SES CRÉATEURS.
SI JAMAIS L'ASSEMBLÉE VOTE UNANIMEMENT...
LA FIN DU MONDE ...
HMM ...
ALORS L'HUMANITÉ TOUT ENTIÈRE...
VSH
SERA ANÉANTIE...
QU'ELLE LE VEUILLE OU NON !

ET PERSONNE ...
NE POURRA RIEN Y CHANGER !!
BIEN ...
PUISQUE TOUT LE MONDE EST D'ACCORD...
BRR
JE DÉCLARE ...
L'HUMANITÉ...
CONDAMNÉE...
VSH
À DISPARAÎ...

UN INSTANT !!
FSH
OOOH !!
?!

...
HEIN ?
QU'EST-CE QUI SE PASSE ?
ÇA ALORS !
TAP
TAP
UNE VALKYRIE !
QU'EST-CE QU'ELLE FICHE ?!
TAP
TAP
OÙ EST-CE QU'ELLE VA COMME ÇA ?
HILDE !! BON SANG, QU'EST-CE QUI TE PREND ?!
ON N'A PAS LE DROIT DE CONTESTER LES DÉCISIONS DES DIEUX !

SAUF VOTRE RESPECT, NOBLES DIVINITÉS ...
J'AI UNE QUESTION À VOUS SOU-METTRE !
PRENDS GARDE ...
BRUNEHILDE !
FLASH
HIIII !!

TU N'ES QU'UNE DIVINITÉ MINEURE !!
ODIN, DIEU SUPRÊME DE LA MYTHOLOGIE NORDIQUE.
COMMENT OSES-TU INTERFÉRER DANS UN DÉBAT ENTRE DIEUX MAJEURS ?!
...
TU VEUX TE BATTRE ?
L'ÉGOÏSME ET LA CRUAUTÉ DES HUMAINS SONT INDÉNIABLES...
VIENS, ON T'ATTEND !
OUAIS !
TAP
EH ! TU POURRAIS RÉPONDRE !!
CELA DIT, CE SERAIT DOMMAGE...
DE LES FAIRE DISPARAÎTRE DE LA SURFACE DE LA PLANÈTE ...

TING
SANS PIMENTER UN PEU LES CHOSES !!
...
QUE DIRIEZ-VOUS DE VÉRIFIER S'ILS MÉRITENT D'EXISTER PENDANT ENCORE UN MILLIER D'ANNÉES...
TOUT EN LEUR RAPPELANT L'ÉTENDUE DE VOTRE PUISSANCE ET DE VOTRE MISÉRICORDE...
GRÂCE À UNE SORTE DE TEST ?
COMMENT ÇA ? TU VEUX QU'ON PROVOQUE UN NOUVEAU DÉLUGE, PAR EXEMPLE ?!
OU QU'ON AVANCE LA PROCHAINE ÈRE GLACIAIRE ?!
NON, JE PENSAIS À QUELQUE CHOSE DE PLUS... RADICAL !
HEIN ?!
DE QUOI ELLE PARLE ?
BLA
BLA
OÙ EST-CE QUE TU VEUX EN VENIR ?
BLA
EXPLIQUE-NOUS, AU LIEU DE TOURNER AUTOUR DU POT !
BLA

LE RAGNARÖK... L'AFFRONTEMENT ULTIME DES DIEUX CONTRE LES HUMAINS !!

T...
TU ES SÉRIEUSE, LÀ ?!
COMME LE DÉFINIT LA CONSTITUTION DU WALHALLA ...
ARTICLE 62...
PARAGRAPHE 15...
CLAUSE EXCEPTIONNELLE...
FLAP
FSH
IL S'AGIT D'UNE SÉRIE DE DUELS...
QUI OPPOSENT CHAMPIONS DE L'HUMANITÉ ET CHAMPIONS DIVINS !

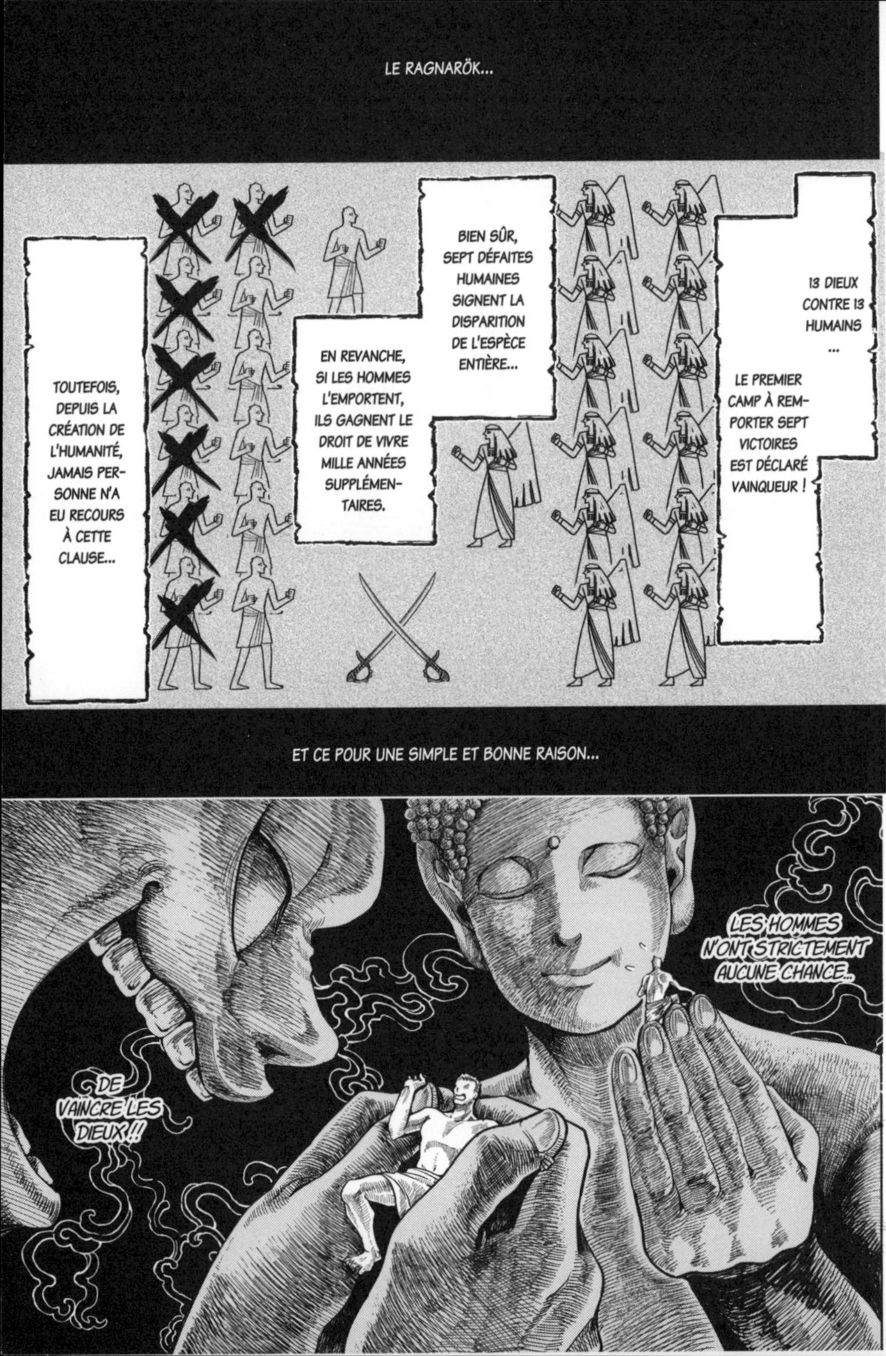
LE RAGNARÖK...
13 DIEUX CONTRE 13 HUMAINS ...
LE PREMIER CAMP À REMPORTER SEPT VICTOIRES EST DÉCLARÉ VAINQUEUR !
BIEN SÛR, SEPT DÉFAITES HUMAINES SIGNENT LA DISPARITION DE L'ESPÈCE ENTIÈRE...
EN REVANCHE, SI LES HOMMES L'EMPORTENT, ILS GAGNENT LE DROIT DE VIVRE MILLE ANNÉES SUPPLÉMENTAIRES.
TOUTEFOIS, DEPUIS LA CRÉATION DE L'HUMANITÉ, JAMAIS PERSONNE N'A EU RECOURS À CETTE CLAUSE...
ET CE POUR UNE SIMPLE ET BONNE RAISON...
LES HOMMES N'ONT STRICTEMENT AUCUNE CHANCE...
DE VAINCRE LES DIEUX !!

CETTE DISPOSITION N'EXISTE QUE POUR AMUSER LES DIEUX.
パタン...
POF
FSH
...
PEUH !
VOILÀ UNE IDÉE ENCORE PLUS SAUGRENUE QUE CE QUE J'AVAIS IMA-GINÉ !
TU DEVRAIS POURTANT SAVOIR...
QU'AUCUN ÊTRE HUMAIN N'EST À LA HAUTEUR DES DIEUX !

CE SERAIT UNE PERTE DE TEMPS !
C'EST VRAI !
ÇA N'A AUCUN INTÉRÊT !
HEIN ? NOUS BATTRE CONTRE DE SIMPLES MORTELS ? ET PUIS QUOI, ENCORE ?!
MOI, J'AVAIS COMPLÈTEMENT OUBLIÉ L'EXISTENCE DE CETTE VIEILLE LOI...
SI JE COMPRENDS BIEN, CHÈRES DIVINITÉS, L'ASSEMBLÉE SOUHAITE DÉTRUIRE LES HOMMES...
SANS AVOIR À LES AFFRONTER, C'EST ÇA ?
...
QUOI ?!
"NOUS VOULONS EN FINIR AVEC EUX, MAIS...
PAS EN FACE À FACE DANS UNE ARÈNE !"
PARDONNEZ-MOI SI JE ME TROMPE, MAIS...

EST-CE QUE PAR HASARD ...

VOUS AURIEZ PEUR DES HOMMES ?!
EUH... HILDE ...
SI C'EST LE CAS, JE SUIS VRAIMENT DÉSOLÉE DE VOUS AVOIR PRÉSENTÉ CETTE IDÉE...
...
LAISSEZ TOMBER, ON N'EN PARLE PLUS !
...
OUBLIONS MÊME COMPLÈTEMENT L'EXISTENCE DU RAGNARÖK ...
A... ARRÊTE !
C'EST TOI QUI VAS DISPARAÎTRE, SI TU CONTINUES !
TU T'ENTENDS ?!
IL FAUT QU'ON S'EXCUSE, ET VITE !!
HI HI...

HI HI HI !
HA HA HA !
LE BROUHAHA QUI TRAVERSAIT L'ASSEMBLÉE...
HA HA !
HÉ HÉ !
RESSEMBLAIT AU RIRE FORCÉ D'UN PÈRE LÉGÈREMENT AGACÉ PAR LES BÊTISES DE SON ENFANT...
HI HI HI !
MAIS QUI FAIT SEMBLANT DE NE PAS SE METTRE EN COLÈRE.
HA HA !
HA HA HA HA !
BLA BLA
BLA BLA
HA HA HA !
JE PENSAIS QU'ILS SERAIENT FOUS DE RAGE...
POUR BRUNEHILDE...
HI HI HI !
CETTE RÉACTION MONTRAIT QU'ELLE AVAIT VISÉ JUSTE...
HÉ HÉ HÉ !
CRAC
FRSH
?!
QU'EST-CE QUE C'EST QUE CES BRUITS ?
CRR
CRAC
CRR
CRAC
CRR

LES DIEUX ONT TOUT CRÉÉ EN CE MONDE. RIEN NE POUVAIT ÊTRE PLUS IN-SULTANT POUR LEUR GRANDEUR ET LEUR FIERTÉ ...
GRR...
CRAC
CRIIII
CRAC
QUE LES MOTS DE LA VALKYRIE.
GRR...
GRR...
"EST-CE QUE VOUS AURIEZ PEUR DES HOMMES ?"
INSINUER QUE LES DIEUX PUISSENT CRAINDRE DE SIMPLES MORTELS...
TU TE MOQUES DE NOUS ?
DOOOOM
TU TE RENDS COMPTE DE CE QUE TU DIS ?!
MISÉRABLE VALKYRIE !!
PAUVRE IN-SECTE !
RESTE À TA PLACE !!
ÉTAIT UNE INJURE D'UNE INSOLENCE INIMAGI-NABLE.
OH NON... J'EN ÉTAIS SÛRE ! ILS SONT FURIEUX !!
QU'EST-CE QUI T'A PRIS ?!
HILDE ...
MAIS AU MOINS...
BRUNE-HILDE ÉTAIT CERTAINE D'UNE CHOSE...

LES DIEUX...
QUE LES HOMMES !
S'ÉNERVENT BIEN PLUS FACILEMENT...
HÉ HÉ !
EH BIEN ...
LE RA-GNARÖK, HEIN ?
FUTE

FUFF
FUFF
VOILÀ UNE PROPOSITION INTÉRES-SANTE !
?
DE NOUS EN PARLER !
TU AS EU RAISON ...
EN EFFET ...
FSH
C'EST VRAIMENT ...
CRRR

INTÉ-
RESSANT
!!
SPLARF
QU'EST-CE QUE VOUS EN PENSEZ ...
HEIN ?
ÇA FAIT TELLEMENT LONGTEMPS QUE NOUS N'AVONS PAS EU DROIT...

À UNE PETITE DÉMONS-TRATION ...
DE PUISSANCE DIVINE !
QU'EN DITES-VOUS ?
ACCEPTONS ! BATTONS-NOUS CONTRE CES MORTELS !
OUAIIIS !!

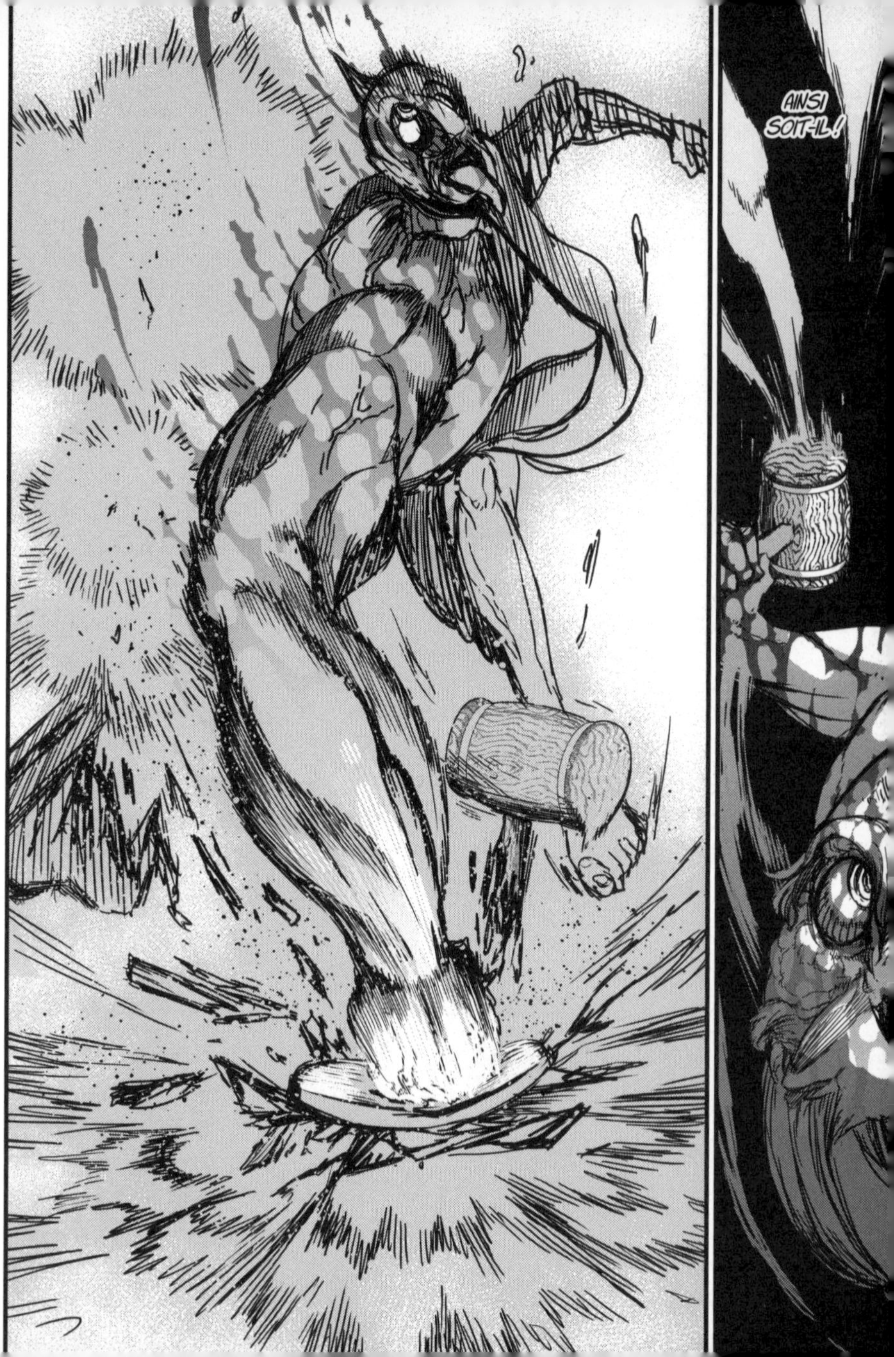
AINSI SOIT-IL !

LE RAGNARÖK …
PEUT DÉBUTER !!

TAP
TAP
TAP
TAP
RAAAAH...
QU'EST-CE QUI T'ARRIVE ?

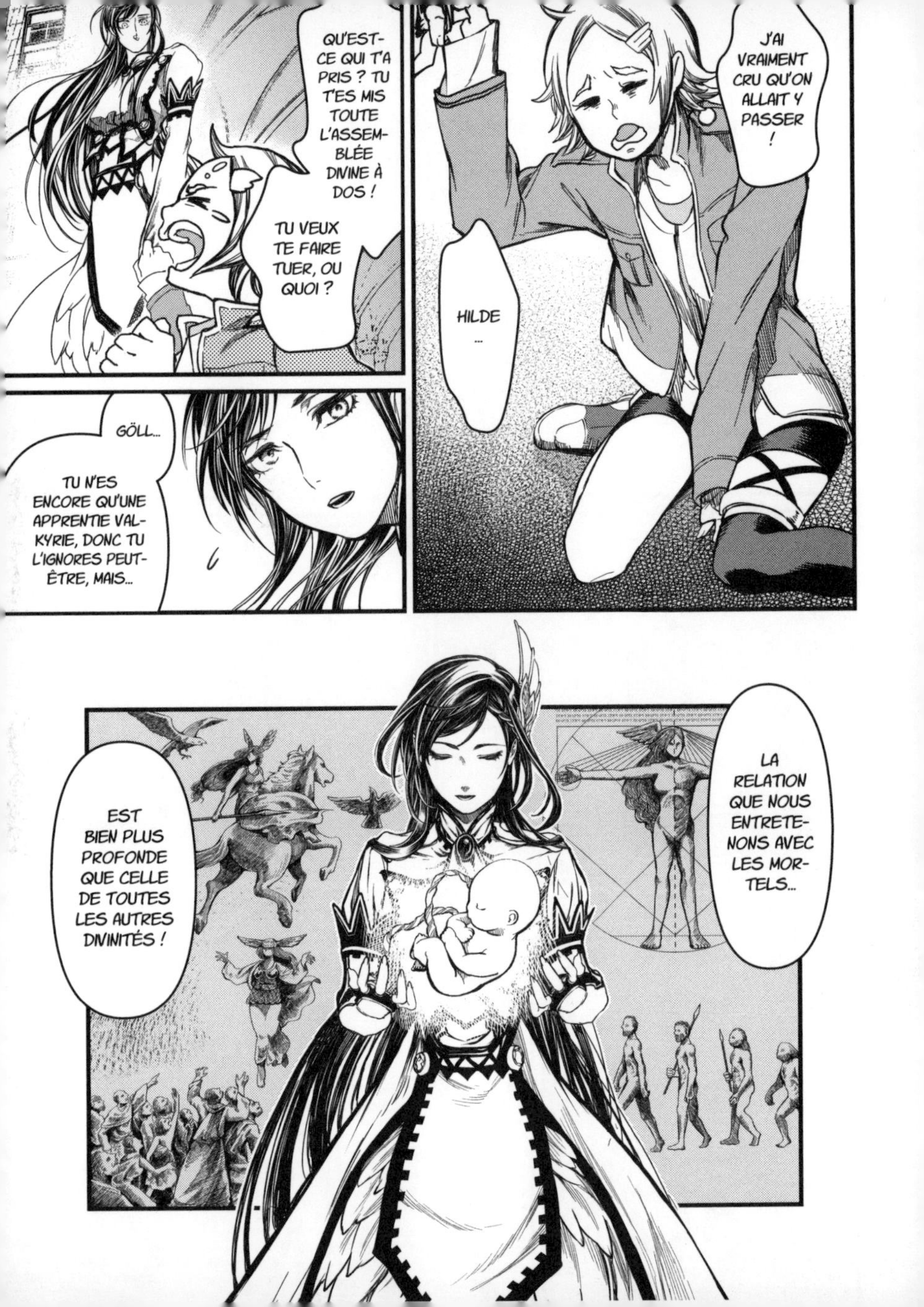
J'AI VRAIMENT CRU QU'ON ALLAIT Y PASSER !
HILDE...
QU'EST-CE QUI T'A PRIS ? TU T'ES MIS TOUTE L'ASSEMBLÉE DIVINE À DOS !
TU VEUX TE FAIRE TUER, OU QUOI ?
GÖLL...
TU N'ES ENCORE QU'UNE APPRENTIE VALKYRIE, DONC TU L'IGNORES PEUT-ÊTRE, MAIS...
LA RELATION QUE NOUS ENTRETENONS AVEC LES MORTELS...
EST BIEN PLUS PROFONDE QUE CELLE DE TOUTES LES AUTRES DIVINITÉS !

NOUS NE POUVONS PAS...
ABANDONNER LES HOMMES !
...
HILDE... TOI, LA VALKYRIE DÉCHUE...
DONT LA CHAIR A JADIS ÉTÉ RABAISSÉE À CELLE D'UNE HUMAINE...
C'EST CETTE DOULEUR PASSÉE QUI TE POUSSE...
À SOUTENIR L'HUMANITÉ COMME ÇA, HEIN ?
MAIS EST-CE QUE LES HUMAINS ONT SEULEMENT UNE CHANCE ?
ET QUI SERONT LES CHAMPIONS DES DIEUX ?
QUELLE QUESTION !
LE PREMIER EST FACILE À DEVINER, CE SERA...
SALUT, BRUNEHILDE !

IL PARAÎT QUE TU AS FICHU UNE SACRÉE PAGAILLE À L'ASSEMBLÉE !
INCUBE, DÉMON LUBRIQUE ET CAUCHEMARDESQUE.
TU DEVRAIS FAIRE ATTENTION !
LES DIEUX SONT CAPABLES DE TOUT !
ILS SONT CRUELS, SANS PITIÉ...
ET ÉGOÏSTES !
POF
MAIS SI TU VEUX, JE PEUX TE PROTÉGER ...
PETITE VALKYRIE ...

ENFIN, À CONDITION QUE TU SOIS GENTILLE AVEC MOI, BIEN SÛR !
SLURP
FSH
ス…
HÉ HÉ...
HI HI HI...

TOI QUI ES TOUJOURS SÈCHE ET HAUTAINE !
TA VOIX GÉMISSANTE SOUS MES COUPS DE REINS…
ÇA FAISAIT LONG-TEMPS QUE J'AVAIS ENVIE D'ENTEN-DRE…
J'AIME CETTE ATTI-TUDE !
SI TU T'IMAGINES QUE C'EST POUR TOI QUE JE ME SUIS MISE À GENOUX, TU TE TROMPES LOURDEMENT…
HI HI HI !
HÉ HÉ HÉ !
HI HI HI HI HI HI !!

C'EST UN HONNEUR DE VOUS REVOIR...

PLIC
SEIGNEUR THOR !
THOR, DIVINITÉ DU TONNERRE. C'EST AUSSI LE PLUS PUISSANT DES DIEUX DE LA MYTHOLOGIE NORDIQUE.

HEIN ? ELLE A BIEN DIT "THOR" ?
...
QU'EST-CE QU'IL FAIT ICI ?!
ALORS C'EST LUI ?!
MOI AUSSI...
JE DOIS ME METTRE À GENOUX...
TAP
DIS-MOI, BRUNEHILDE ...
QU'EST-CE QUE TU MANIGANCES, AU JUSTE ?
QU'EST-CE QUE VOUS VOULEZ DIRE ?

...
PEU IM-PORTE...
J'ESPÈRE AU MOINS QUE LE SPECTACLE SERA DIVER-TISSANT...
SI CE N'EST PAS LE CAS, TU MOURRAS DE MA MAIN !

J…
J'AI FAILLI ME FAIRE DESSUS …
PLAF
JE ME DEMANDE COMMENT TU AS PU RESTER SI CALME…
C'EST VRAI ?
J'AVAIS L'AIR SE-REINE ? TANT MIEUX…
HEIN ?
PFF…
BRRR
BRRR
BRRR
BRRR
PFF…
EUH… TOUT VA BIEN ?
M… MIEUX VAUT LAISSER TOMBER !!
AUCUN MORTEL NE POURRA JA-MAIS GAGNER CONTRE LES DIEUX !
BIP
N'AIE PAS PEUR, GÖLL…
IL N'Y A PAS DE TEMPS À PERDRE… IL FAUT VITE RÉUNIR LES 13 CHAMPIONS DE L'HUMANITÉ !

TING
JE SAIS DÉJÀ QUI SERA LE PREMIER À LES REPRÉ-SENTER...
FSSH
ET IL SERA À LA HAU-TEUR !
FSSH
C'EST QUI ?
L'HOMME LE PLUS FORT...
QUE J'AIE JAMAIS RA-MENÉ D'UN CHAMP DE BATAILLE ...

MAIS AUSSI LE PIRE...
ET LE PLUS FOU DE TOUS !
FSHH
...
HEIN ?!
CATACLOP
OH NON ...
CATACLOP
DIS-MOI QUE CE N'EST PAS LUI...
CATACLOP
IL EST BEAUCOUP TROP DANGE-REUX !!
CATACLOP

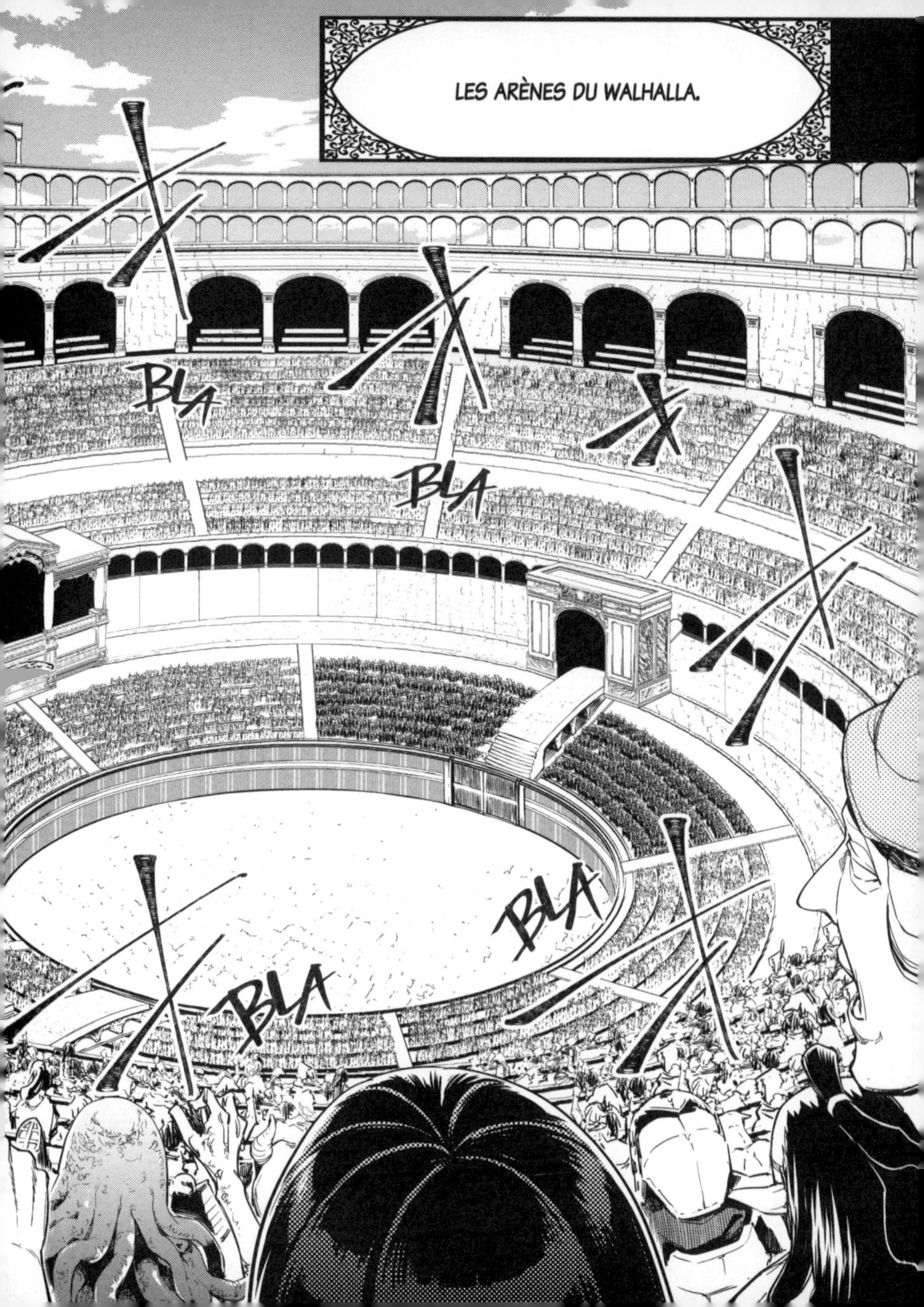
LES ARÈNES DU WALHALLA.
BLA
BLA
BLA
BLA

BLA
BLA
OUAIIIIIS !!!

TADAM
COMBIEN DE SIÈCLES AI-JE ATTENDU…
AVANT DE POUVOIR SOUFFLER DANS MA CORNE DE L'APOCALYPSE, GJALLARHORN …
HEIMDALL, DIEU DE LA MYTHOLOGIE NORDIQUE, GARDIEN DE L'APOCALYPSE.
AFIN DE SONNER LE DÉBUT…
DU RAGNARÖK ?
EST-CE QUE VOUS ÊTES PRÊTS ? FAITES DU BRUIIIIIT !!
OUAIIIIIIIS !!

LES RÈGLES SONT SIMPLES...
POUR CHAQUE DUEL, LA VICTOIRE DÉPENDRA ...
OUAIIIIIS !!
DE LA MORT OU DE LA DISPARITION TOTALE ET DÉFINITIVE DE L'UN DES ADVERSAIRES !
ÇA Y EST, HILDE ...
ÇA VA COMMENCER !
OUUUH !
OUUUH !
POUR CE PREMIER COMBAT ...
LAISSEZ-MOI VOUS PRÉSENTER LE CHAMPION CHOISI...

POUR REPRÉSENTER LES DIEUX !
BLA
BLA
BLA
BLA
VOUS AVEZ TOUJOURS RÊVÉ DE VOIR CETTE DIVINITÉ...
NOUS FAIRE UNE DÉMONSTRATION DE SA PUISSANCE !
SON MARTEAU, MJÖLLNIR ...
TAC
FUIT
EST CAPABLE DE FENDRE LA TERRE !
CRAC
CRAC

QUEL MEILLEUR CHAMPION POUR OUVRIR LES HOSTI-LITÉS ?!
TAP
TAP
LUI QUI VIT POUR SE BATTRE …
ET QUI MOURRA SUR UN CHAMP DE BA-TAILLE !
LE DIEU LE PLUS PUIS-SANT DU NORD…
FLAP
LE BERSERKER DU TON-NERRE !!

LE GRAND, LE MAJESTUEUX
...

THOOOR !!
OUAIIIIIS !
DÉTRUIS-MOI...
ÇE MISÉRABLE HUMAIN !!

BLA
BLA
BLA
BLA
OUAH ...
JE LE SAVAIS ! THOR EST LE PREMIER CHAMPION DES DIEUX ...
À PRÉSENT ...
L'ADVERSAIRE QUE LES CRÉTINS D'EN BAS ONT CHOISI ...
VA FAIRE SON ENTRÉE !!
DOOONG

BAM
BAM
BAM
TSS
TSS
DOOOOOM
EST-CE QUE NOUS ALLONS LES LAISSER METTRE FIN...
À UN GALOP QUI DURE DEPUIS SEPT MILLIONS D'ANNÉES ?
ALLONS-NOUS OUBLIER...
SEPT MILLÉNAIRES DE FIERTÉ ?!
RAAAAAH !!

NON !
NON !!
OUAAAAH !!
ヴォシュウゥゥ
FSHHHHH
CLOP

CATACLOP
IL REVIENT ...

POUR SAUVER L'HUMA-NITÉ !
CRAC
CRAC
CRR
CRR
FAITES-MOI ENTENDRE VOS VOIX !
VSH
Y A-T-IL UN SEUL AUTRE HOMME SUR TERRE...

CAPABLE DE TERRASSER UN DIEU ?
VSH
NON !
Y A-T-IL UNE SEULE RAISON DE NE PAS LE COMPTER...
CRAC
PARMI LES PLUS GRANDS GUERRIERS DE L'HISTOIRE ?
NON !

PAF
LE PLUS GRAND HÉROS QU'AIT CONNU LA CHINE.
CELUI QU'ON APPELLE...

布
奉
先
FENGXIAN
L'IMMENSE
SEIGNEUR
DE GUERRE...

LÜ BU!!

HOURRAAAA !

PREMIER
CHAMPION DE L'HUMANITÉ :
LÜ BU.
OOH !
CATACLOP
CATACLOP

OOOOOOOO
CATACLOP
CATACLOP
PREMIER CHAMPION DES DIEUX : THOR.

* VERSION DU NIANFO UTILISÉE AU JAPON, PRIÈRE DE VÉNÉRATION À BOUDDHA. NDT.

RAGNARÖK, PREMIER COMBAT...
SONT PRÉCISÉ-MENT...
CES DIEUX QUE TU IMPLORES !
QUE LA BATAILLE COMMENCE !

VALKYRIE APOCALYPSE

C'EST L'AVENIR ...
DE L'HUMANITÉ QUI EST EN JEU...
BLA BLA
DANS CE RAGNARÖK !
BLA
ET POUR LE PREMIER AFFRONTEMENT, NOUS AVONS DES COMBATTANTS DE MARQUE !
BLA BLA BLA
Chapitre 2 | Le plus fort des dieux contre le plus fort des humains
DANS LE CAMP DES DIVINITÉS, LE PLUS PUISSANT DES DIEUX NORDIQUES...
LE "BERSERKER DU TONNERRE", THOR !
POUR LUI FAIRE FACE, CÔTÉ HUMAIN ...
OUAIIIIIIS !!

VENU TOUT DROIT DE L'ÈRE DES "TROIS ROYAUMES" ...
DOM
L'ÈRE DES QUOI ?
LE PLUS FORT...
PEUH ...
Ouuuuuh !!
...
TAP
TAC
DE TOUS LES HÉROS CHINOIS...
DOM
WOOSH
DOM

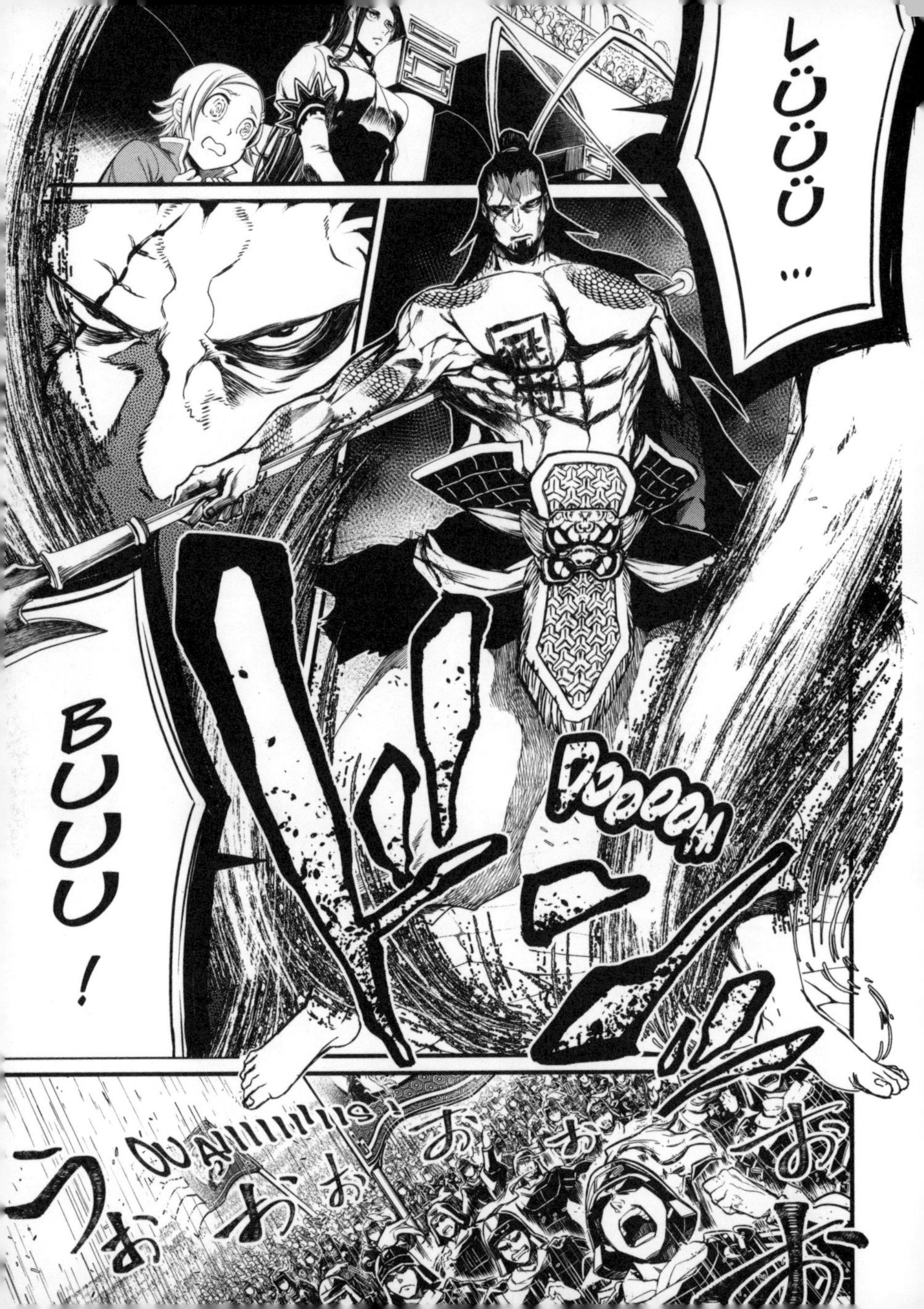
LÜÜÜÜ...
BUUU!
DOOOOM
OUAIIIIIIIIS!

BLA
BLA
BLA
UN VÉRITABLE DUEL AU SOMMET !!
DANS LES GRADINS, L'EXCITATION EST À SON COMBLE !
ALLEZ, SEIGNEUR THOR !
ÉCRASEZ DONC CE PITOYABLE HUMAIN D'UN SEUL COUP DE VOTRE MARTEAU ! ♡
FORSETI, DIEU NORDIQUE DE LA PAIX.
VAS-Y, LÜ BU !!
OUAIS !
TRANS-FORME CE DIEU À LA NOIX...
EN VIANDE HACHÉE !
HA HA HA HA !
...
HEIN ?
BAM
GLOU
GLOU

AAAAH !
LES HOMMES CONTRE LES DIEUX ! IL N'Y A PAS DE MEILLEURE OCCASION POUR VIDER UNE BARRIQUE OU DEUX D'ALCOOL !!
ZHANG FEI.
PAS VRAI, CAMARADE ?!
POF
POURQUOI ONT-ILS CHOISI LÜ BU ?
ÇA ME LAISSE UN PEU PERPLEXE...
LE GUERRIER LE PLUS FORT DES TROIS ROYAUMES ...
FSH
LIU BEI.
CELUI QUI EST DEVENU UN DIEU...
C'EST POURTANT TOI, NON ?
EN TERMES DE STRATÉGIE ET DE PUISSANCE MILITAIRE, TU N'AS PAS TORT...
MAIS COMME GUERRIER, ÇA NE FAIT AUCUN DOUTE...

LE PLUS PUISSANT...
DES TROIS ROYAUMES...
C'EST LÜ BU ET PERSONNE D'AUTRE !
DOOOOM
GUAN YU.
EN TOUT CAS, SON ARMÉE N'A PAS CHANGÉ...
HOURRAAA !
WOOSH
POUR... TRE CHEF !
VSH

HOURRA !!
FSH
VSH
MONSEIGNEUR... NOUS SOMMES TOUS LÀ, DER-RIÈRE VOUS !
POUR RIEN AU MONDE NOUS NE VOUS LAISSERIONS SEUL SUR UN CHAMP DE BATAILLE !!
JAMAIS JE N'AURAIS IMAGINÉ...
POUVOIR VOUS ADMIRER UNE NOUVELLE FOIS AU COMBAT !
WAAAH !
SNIF...
QUELLE ÉMOTION !
CHEN GONG, OFFICIER D'ÉTAT-MAJOR DE L'ARMÉE DE LÜ BU.

BLA BLA BLA BLA
HILDE
…
EST-CE QUE LÜ BU A UNE CHANCE DE L'EMPORTER ?
TOI AUSSI, TU PENSES
…
QUE LES HOMMES NE PEUVENT RIEN CONTRE LES DIEUX, HEIN ?
EUH…
NON, CE N'EST PAS…
HA HA !
TU N'ES PAS LA SEULE… TOUTES LES DIVINITÉS ICI PRÉSENTES EN SONT SANS DOUTE ENCORE PERSUADÉES !
ET C'EST JUSTEMENT CE QUI DONNE L'AVANTAGE À LÜ BU !
C'EST L'OCCASION OU JAMAIS POUR L'HUMANITÉ DE RABATTRE LE CAQUET…
DE TOUS CES VANTARDS QUI LA SOUS-ESTIMENT !
RABATTRE QUOI ?
DES VANTARDS ?
OUI…
EXACTEMENT.
PAR MOMENTS, HILDE A DE CES EXPRESSIONS
…
BLA BLA BLA
FUIT

FSH
ENFIN, JE PEUX SOUFFLER DANS CETTE CORNE !
DEPUIS LE TEMPS QUE J'ATTENDS CE MOMENT !
POOOOOO
"À L'INSTANT OÙ HEIMDALL LE GARDIEN SOUFFLERA DANS SON LUR, GJALLARHORN, COMMENCERA LE RAGNARÖK."
(D'APRÈS "L'EDDA", RECUEIL DES RÉCITS DE LA MYTHOLOGIE NORDIQUE.)
DOM DOM DOM DOM
ÇA Y EST ! L'AFFRONTEMENT DES DIEUX ET DES HUMAINS...
DOM DOM DOM

POOOOOOO
COMMENCE !!
CHERS SPECTATEURS...
CHÈRES SPECTATRICES...
LE MOMENT QUE VOUS ATTENDIEZ EST...
CLANG
ガシャン
BAM
ゴズンッ

ÇA ALORS !
?!
HEIN ?!
L... LES DEUX ADVER-SAIRES ONT BAISSÉ LEURS ARMES !
ILS...
ILS NE SE METTENT PAS EN GARDE !
DOOOOOH !
LES VOICI QUI AVANCENT L'UN VERS L'AUTRE !
CRRRR
SCRITCH SCRITCH

QUEL EXTRA-ORDINAIRE DÉBUT DE TOURNOI !!
LES COMBATTANTS SE RAPPROCHENT AVEC UNE NON-CHALANCE IN-CROYABLE !
TAP
DOOOOOM
HÉ HÉ !
ILS EN ONT, DE L'ASSU-RANCE...
AUCUN NE CHERCHE À OBSERVER L'AUTRE !
TAP
HA HA HA ! SACRÉ LÜ BU !!
BAH ...
MOI, JE NE SUIS PAS SURPRIS !
TAP
MONSEI-GNEUR ! QUE FAITES-VOUS ?
TAP
POUR QUI IL SE PREND, CET HUMAIN ?!
QUEL MANQUE DE RESPECT !
TAP

TAP
CRR
TAP
TAP
CRIII
TAP
T... TU ES VRAIMENT CERTAINE QUE CE LÜ BU EST À LA HAUTEUR ?
J... J'AI L'IMPRESSION QUE C'EST PLUTÔT LUI QUI SOUS-ESTIME THOR !
CETTE ATTITUDE... ALORS C'EST ÇA, ÊTRE SÛR DE SA PUISSANCE ?

THOR ET LŨ BU...
LEUR NAIS-SANCE, LEUR ENFANCE...
ET MÊME ...
L'ESPÈCE À LAQUELLE ILS APPAR-TIENNENT... TOUT LES DIFFÉRENCIE !
TOUT, SAUF UNE CHOSE...
DEPUIS QU'ILS SONT VENUS AU MONDE,
ILS SONT TOUS DEUX LES PLUS FORTS !

WOOOSH
JUSQU'ICI, ILS ONT VAINCU...
TOUS LEURS ADVER-SAIRES ...
DU PREMIER COUP !
VSHHH

CLANG
?!
BRR
...
TING
?!
VLAN
CRRRRR
CRRR

SUR DES MILLIERS DE CHAMPS DE BATAILLE...
WOOSH

CLANG
?!
CRAC
SCRRRR
ILS ONT CHACUN TERRASSÉ DES DIZAINES DE MILLIERS D'ENNEMIS.

VOIR UN ADVERSAIRE ...
ENCORE DEBOUT APRÈS LA PREMIÈRE ATTAQUE...
CLANG

REPRÉSENTE, POUR L'UN COMME POUR L'AUTRE...
OUAAAAAAH !
QUELQUE CHOSE D'IMPENSABLE !
CLANG !!
CES GUERRIERS ...
GRR...
GRR...
...
...
POSSÈDENT LA MÊME PUISSANCE PHÉNOMÉNALE !!
C'EST INOUÏ !!
OUAIIIS !
BRAVO !
ALLEZ, LÜ BU !
ÉTONNANT, POUR UN HUMAIN...
ENFIN, C'EST UN PEU TÔT POUR AFFIRMER QU'ILS FONT JEU ÉGAL !

THOR EST LOIN D'AVOIR MONTRÉ TOUT CE DONT IL EST CAPABLE !
CLANG
VSH
?!
...
...
BAM
FSH
DZZT
DZZT
DZZT
DZZT
?
OH LÀ LÀ ! ♡
DZZT
GÉNIAL ! ♡
IL VA LE FAIRE ! ♡
DZZT
?!
QU'EST-CE QUI SE PASSE ?!
DZZT
DZZT

DZZZT
DZZZT
OUH LÀ !
DZZZT
BROOOOM
ÇA Y EST…
THOR COMMENCE À UTILISER LA FOUDRE !
BAM
WOOSH

ALORS QUE JUSQUE-LÀ, IL AVAIT BAISSÉ SA GARDE...
VSH
THOR SE MET EN POSITION DE COMBAT EN BRANDISSANT SON MARTEAU, MJÖLLNIR !
OH NON !
VSH
I... IL EST EN TRAIN DE PERDRE L'ÉQUI-LIBRE !
LE VOILÀ QUI TOMBE À LA REN-VERSE !
CLANG

ATTEN-DEZ ! NON, IL N'EST PAS TOMBÉ !
S... SES DEUX PIEDS SONT TOUJOURS AU SOL !
VSH
CRRRR
EST-CE QUE ...
C'EST UNE POSTURE DE FRAPPE ?!
CRRR
VSH
QU'EST-CE QU'IL FABRIQUE ?!
VSH

IL VA LE FAIRE !
APPA-REMMENT, IL EN A AS-SEZ DE CE COMBAT !
...
NON, JE DIRAIS PLUTÔT...
QUE C'EST SA MANIÈRE...
DOOOM
DE MON-TRER QUE CET HUMAIN A FAIT SES PREUVES !
DZZZZZZZZT
POUR UN INDIVIDU ORDINAIRE, IL N'UTILISERAIT JAMAIS...
LE "MARTEAU DE THOR" !

ASGARD.
IL Y A FORT LONGTEMPS ...
ASGARD, LA CITÉ DES DIEUX, ÉTAIT ENTOURÉE D'UNE GIGANTESQUE MURAILLE...
QUI SERVAIT À LA PROTÉGER CONTRE LES ATTAQUES BRUTALES MENÉES PAR LES GÉANTS DE JÖTUNHEIM.

FOUAH
...
QU'EST-CE QU'ON S'ENNUIE !
NON MAIS ÇA VA PAS DE DIRE ÇA ?!
COMPRENEZ-MOI BIEN, CAPITAINE... SI J'AI REJOINT LES RANGS DES "ANGES GARDIENS", C'EST POUR TUER DES GÉANTS...
PAS POUR RESTER PLANTÉ COMME UN PIQUET SUR UN MUR !
VOUS NE TROUVEZ PAS QUE C'EST UN PEU TROP CALME, ICI ?
IDIOT ! C'EST JUSTEMENT POUR MAINTENIR LA PAIX QUE NOTRE CORPS DE GARDE EXISTE !
TU N'ES JAMAIS ALLÉ AU FRONT, ALORS REDESCENDS UN PEU !
LE FRONT, LE FRONT... ENCORE FAUDRAIT-IL QU'IL Y EN AIT UN !
FLAP
FLAP
BROOOM
C'EST UN TREMBLEMENT DE TERRE ?
...
BROOOOM
BRR
BRR
HEIN ?
BRR
JUSQU'AU JOUR OÙ...
BROOOOM

CRAC
CRR
BAM
BAM
BAM
?!
BON SANG !!

BAM
BAM
BAM
ALERTE ! LES GÉANTS NOUS AT-TAQUENT !!
L'ENNEMI FONCE SUR NOUS !!
66 GÉANTS ASSIÉGEAIENT LE MUR...
ON NE LES AVAIT ENCORE JAMAIS VUS AUSSI NOM-BREUX !
NE LEUR CÉDEZ PAS DE TERRAIN !
NOUS MOURRONS S'IL LE FAUT, MAIS NOUS DEVONS PRO-TÉGER LA PORTE !!
VSH
TYR, DIEU DE LA GUERRE.
VSH
BAM
BAM
EST-CE QUE NOS DÉFENSES VONT TENIR ?
NE T'EN FAIS PAS, LES ANGES GARDIENS NOUS PRO-TÈGENT...
TOUT IRA BIEN !

ÇA VA ALLER ...
YAAAAAAAH !
C'EST LA PREMIÈRE FOIS QU'ILS ATTAQUENT EN NOMBRE !!
ARGH...
IL EN ARRIVE TOUJOURS PLUS !!
ON DOIT LES RE-POUSSER COÛTE QUE COÛTE !
S'ILS ARRIVENT À PÉNÉTRER DANS L'EN-CEINTE, C'EST LA FIN !

RASSURE-TOI, ILS NE PEUVENT RIEN CONTRE CETTE PORTE... JAMAIS PERSONNE N'A RÉUSSI À LA DÉTRUIRE !
GAAAH ...
HEIN ?
CRRRAC

BROOOOUM
L... LA PORTE... IL N'EN RESTE PLUS RIEN !
LES GÉANTS VONT ENTRER DANS LA CITÉ !
BAM
SOUVENEZ-VOUS DE VOTRE ENTRAÎNEMENT ! DANS LES AIRS, NOUS AVONS L'AVANTAGE !
...
CRR
IL FAUT LES ARRÊTER ! NE LES LAISSEZ PAS S'EN PRENDRE À LA POPULATION !!
BAM
BAM

TAP
HEIN ?!
CROUNCH
VSHHHHHH
PAR ICI !!
TCHAC
DOOOM
VOS AD-VERSAIRES, C'EST NOUS, LES ANGES GARDIENS !!

VLAN
CRAC
MÊME LES ANGES NE PEUVENT RIEN FAIRE !
C'EST FINI !
FUYEZ !!
TAP
TAP
TAP
PLOC
PLOC

HA HA-!
AVANT CE JOUR FATIDIQUE, LES GÉANTS N'AVAIENT JAMAIS ATTAQUÉ ASGARD EN GROUPE...
HA HA
ON LES CROYAIT SOLITAIRES...
HA !
ET DES SIÈCLES D'ATTAQUES ISOLÉES AVAIENT FINI PAR RENDRE LES DIEUX TROP CONFIANTS...
HA
HA !
LES DÉFENSES DE LA CITÉ ÉTAIENT TROP FRAGILES.
HA HA !
LES GÉANTS, EUX, AVAIENT PATIEMMENT ATTENDU CETTE OUVERTURE...
HA HA !

AAH !!
NON !!
CHOMP
CHOMP
PAS ÇA, PITIÉ !
SLURP
GH ...
CHOMP
CHOMP
AAH ...
GLOUPS
ASGARD ÉTAIT...

SUR LE POINT
D'ÊTRE ANÉANTIE.
TAP
TAP

BOM
SORTEZ DE LÀ !
BAM
MONTREZ-VOUS !
POC POC
ILS SONT AUX PORTES DU CHÂTEAU...
CES BRUITS... ON EST FICHUS !
FORSETI, DIEU DE LA PAIX.
ON NE VOUS FERA RIEN !
?!
TAP
BAM
TAP
S...
SEIGNEUR THOR... VOUS FERIEZ MIEUX DE VOUS ABRITER...
OUVREZ-NOUS LA PORTE !
BAM
TAP
HEIN ?
...
TAP
QU'EST-CE QU...
POF

CRIIII
...
HEIN ?
CROUNCH
AH, ENFIN !
YAAAAAH !
BAM
BAM
BAM
VSHHH
FLASH

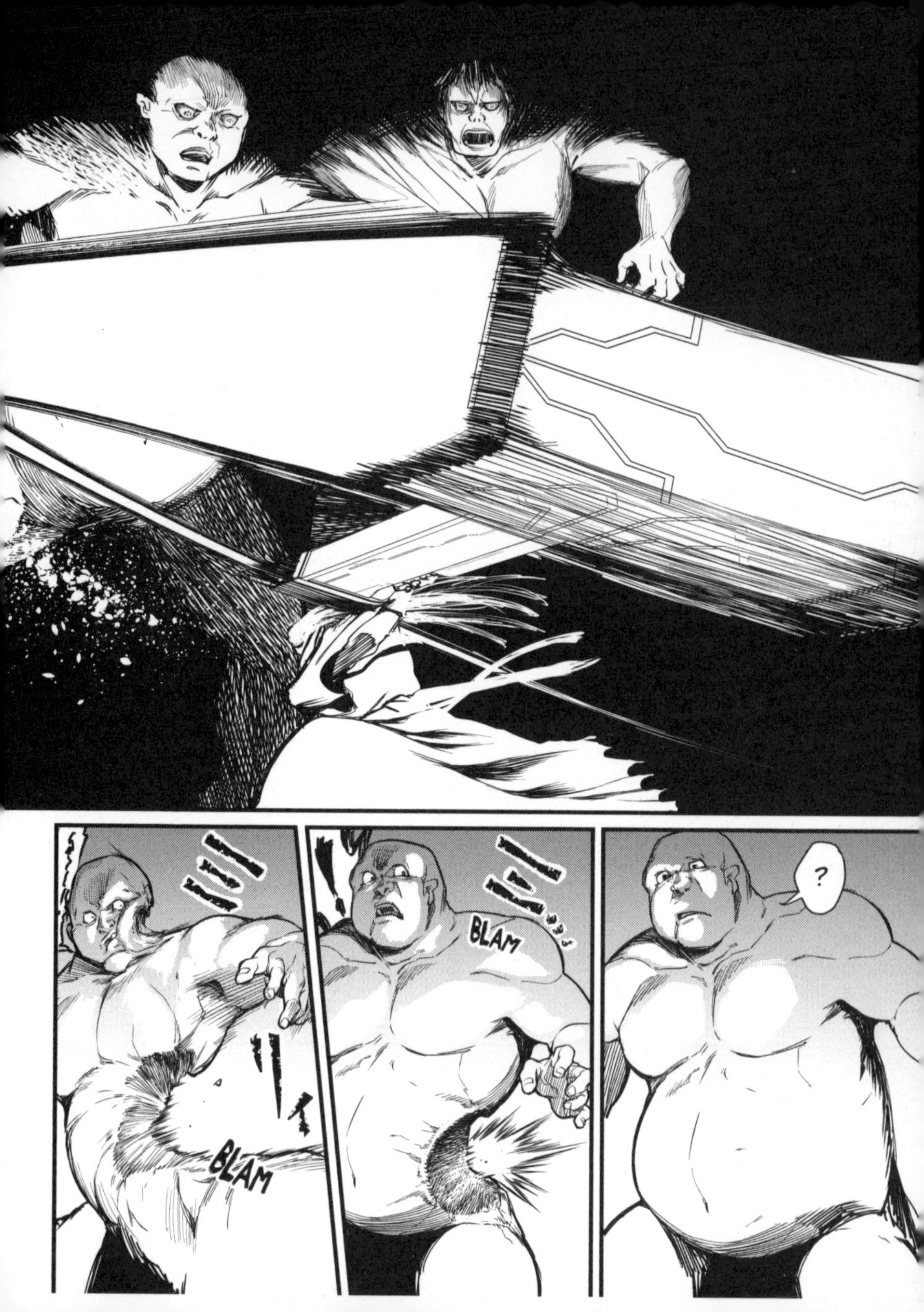
?
BLAM
BLAM

AAAAAAH!
?!
AAAAAH!
SPROTCH
FSHHHH

PLIC PLIC
PLIC PLIC
PSHHHH
FSHHH
PENDANT QUE LE RESTE DE LA CITÉ SE FAISAIT MAS-SACRER...
THOR, DE SON CÔTÉ...
S'ENNUYAIT.
PFF... MOI QUI ESPÉRAIS UN PEU D'ACTION ...

PLAF
PLAF
PLAF
PLAF
PLAF
DOOOM
À LUI SEUL, IL A EXTERMINÉ LA HORDE DE GÉANTS.
OOOOOOH !

OUAIIIIIS !
DEPUIS CE JOUR ...
AFIN DE POUVOIR CHANTER LES LOUANGES DE CETTE FRAPPE MORTELLE...
DZZT
DZZT
DZZT
DZZT
AAH !
OUAH !
DZZT
DZZT
JE LE CROIS PAS !
DZZT
DZZT
LA FOUDRE TRAVERSE TOUT L'AMPHI-THÉÂTRE !!

LES DIEUX ONT DÉCIDÉ...
BON, LA PLAISANTERIE A ASSEZ DURÉ !
...
ALLEZ, MONTRE-LEUR...
FLASH
DE LUI DONNER UN NOM.

FLASH

"LE MARTEAU DE THOR" !

BOUUUM!!

HI!!!!
!!
ET VOILÀ ! PREMIER MATCH EX-PÉDIÉ...
DOOOOOM
LE MARTEAU DE THOR ! QUELLE JOIE !!
AAAH !
BRAVO ! VOUS ÊTES LE MEILLEUR !!
PTEUH ! J'AI AVALÉ DE LA POUS-SIÈRE !
OOOOOOOH !
ARGH ...
-BROOOOOM
ゴロゴロゴロン
OUAH !!
HUMPF ...

モワ
FSHHH
KOF
C'EST ÇA...
LA VÉRITABLE PUISSANCE DES DIEUX ?!
BRR
BRR
JE LE SAVAIS... C'EST SANS ESPOIR !
FLOP
LES HOMMES N'ONT ABSOLUMENT AUCUNE CHANCE !
RELÈVE-TOI...
HEIN ?
J... JE NE PEUX PAS ...
CONTINUER À REGARDER CE MASSACRE !
NE DÉTOURNE PAS LES YEUX...
FUIT
HILDE ...

OBSERVE BIEN JUSQU'AU BOUT ...
CE QUI VA SE PASSER ...
L'HISTOIRE DES HOMMES ET DES DIEUX S'APPRÊTE À BASCULER !
FSHHHHH
ノオオオオオ

TING
WOOOSH
?!
PFF
TCHAC

SPLARF
HÉ HÉ !

TU ES
...
PLUTÔT DOUÉ !
QU...
QUOI ?!
HA HA HA HA HA HA !!
...
C'EST UNE BLAGUE ?!

OOOOOOOH !
DU SANG ! THOR EST BLESSÉ !!
HA HA HA HA HA HA !
LE COUP PORTÉ PAR LÜ BU...
A ENTAILLÉ LE TORSE DU DIEU DU TONNERRE !
...
VOUS VOYEZ ...
...
...
DE QUOI EST CAPABLE LE PLUS FORT DES HOMMES ?
LA LAME DU SEIGNEUR LÜ BU...
PFFF
OUF !
N'ÉPARGNE PERSONNE, PAS MÊME LES DIEUX !
DOOOM

FUIT
ビチャ…!!
ぬと…
PLIC…
OOOOOOH !
I… IMPOSSIBLE ! LE SEIGNEUR THOR A ÉTÉ TOUCHÉ PAR UN HUMAIN ?
BLA BLA
COMMENT CE CLOPORTE A-T-IL OSÉ ?!
BLA BLA
BLA BLA
À CET INSTANT …
LE PLUS FORT DES HUMAINS …
ET LE PLUS PUISSANT DES DIEUX PENSAIENT LA MÊME CHOSE …
S'ILS ÉTAIENT NÉS AU MÊME MOMENT, AVAIENT EU LA MÊME ENFANCE…
ET S'ILS AVAIENT APPARTENU À LA MÊME ESPÈCE…

TOI ...
HA HA !
JE T'AIME BIEN !
DOM-MAGE...
HÉ HÉ !
QUE TU NE SOIS QU'UN HUMAIN !
DOOOM
ILS AURAIENT ÉTÉ DE GRANDS RIVAUX.

Chapitre 3 | Rivaux

SELON LES CHRONIQUES DES TROIS ROYAUMES ...
LŬ BU, OU FENGXIAN, SERAIT ORIGINAIRE DE LA RÉGION DE WUYUAN, DANS LE JIUYUAN (ACTUELLE MONGOLIE-INTÉRIEURE).
PERSONNE NE SAIT SI C'EST VRAI...
PAR CONTRE, CE QUI EST SÛR...

C'EST QU'IL A DÉCIDÉ TRÈS JEUNE ...
D'ENTAMER UN PÉRIPLE DANS LE SEUL BUT DE DEVENIR LE PLUS FORT.

IL A PROGRESSI-VEMENT AVANCÉ DANS L'INTÉRIEUR DE L'IMMENSE CONTINENT EURA-SIATIQUE...
À LA RECHERCHE D'UN ADVERSAIRE CAPABLE DE LE VAINCRE...

AU PASSAGE ...
IL N'HÉSITAIT PAS À MASSACRER TOUTES LES CRÉATURES ...
QUI SE METTAIENT EN TRAVERS DE SON CHEMIN.

ENFIN...
À FORCE D'ACCOMPLIR TOUTES SORTES D'EXPLOITS...

LÜ BU A FINI PAR DEVENIR...
UNE VÉRITABLE LÉGENDE VIVANTE...
DANS TOUTE LA CHINE !

UNE ARMÉE DE FIDÈLES S'ÉTAIT RAS- SEMBLÉE AUTOUR DE LUI...
TANDIS QUE LE NOMBRE DE SES OPPOSANTS S'AMENUISAIT...

SANS CESSER DE CROÎTRE.
PLUS DE 30 ANS APRÈS LE DÉBUT DE SON PÉRIPLE ...
PLUS RIEN NE SEMBLAIT POUVOIR SURPRENDRE LÜ BU...
LÀ...
LA VÉRITÉ LUI AVAIT SAUTÉ AUX YEUX...

PERSONNE SUR CETTE TERRE...

N'EST DE TAILLE...
À M'AFFRONTER !

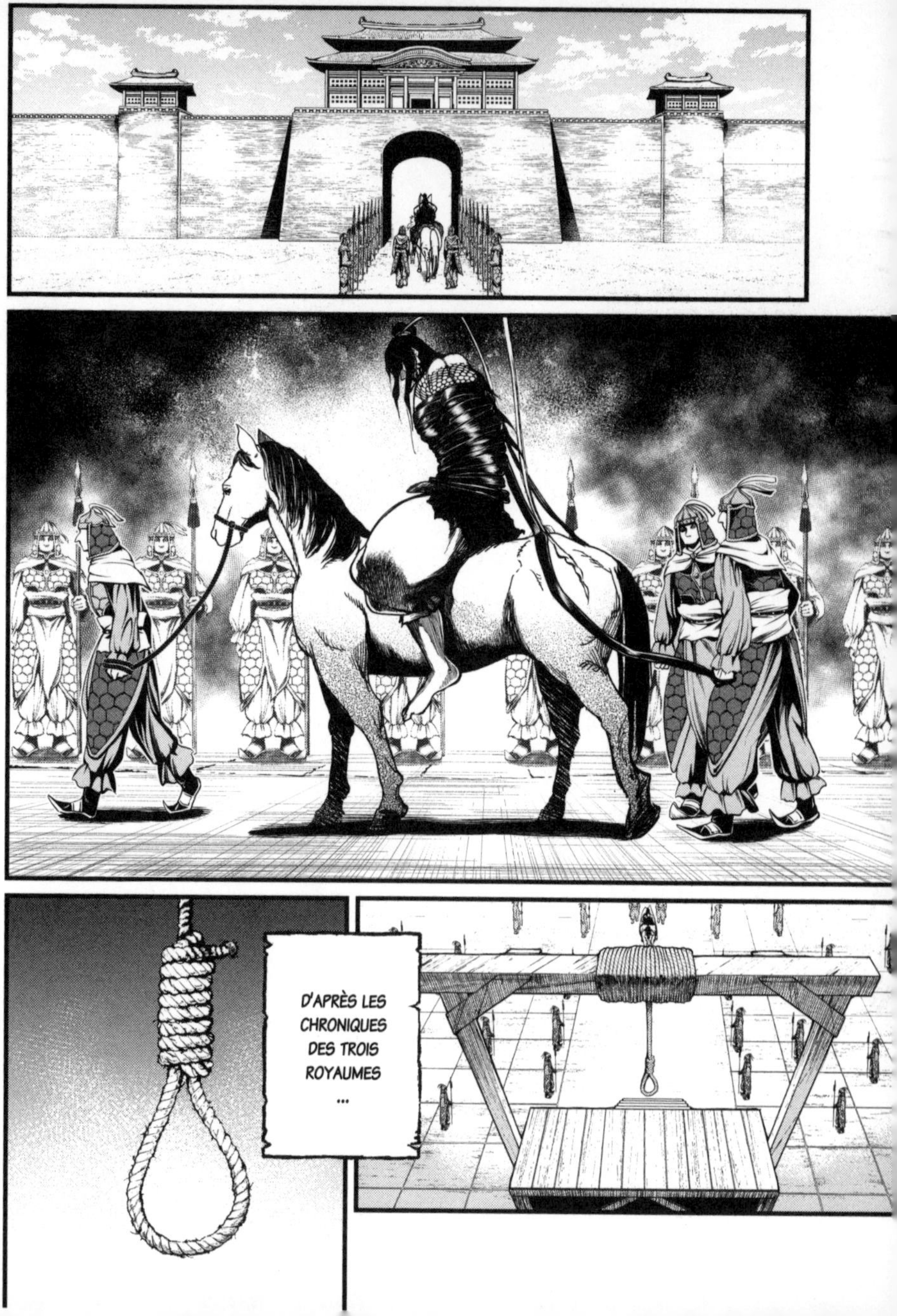
D'APRÈS LES
CHRONIQUES
DES TROIS
ROYAUMES
...

LÜ BU
AURAIT ÉTÉ
VAINCU...
CHEN GONG.
ET FAIT
PRISONNIER PAR
SON ENNEMI
CAO CAO.
CAO CAO.
CAO CAO !
DONNE-MOI
DES CAVA-
LIERS...
ET
JE FERAI
DE TOI LE
MAÎTRE DU
MONDE
!
DEVANT
LA MORT
...
ON DIT
QU'IL AURAIT
SUPPLIÉ QU'ON
L'ÉPARGNE...

SEULEMENT...
UNE FOIS ENCORE...
EST-CE BIEN LA VÉRITÉ ?
NON !
CRAC
NON !
NON !!
SI LÜ BU S'EST LAISSÉ CAPTURER...
C'EST UNIQUEMENT ...

PARCE QU'IL S'ENNUYAIT !
FOUAAAAH...
OUAAAAH...
SAVOIR QU'IL ÉTAIT LE PLUS FORT...
LUI AVAIT ÔTÉ TOUTE ENVIE DE VIVRE.
PFF...
BON, DITES ...
C'EST POUR AUJOURD'HUI OU POUR DEMAIN ?
FRANCHE-MENT...
VOUS AT-TENDEZ QUE JE MEURE D'ENNUI ?

OUAIIIIIIS !
J'AI ENFIN TROUVÉ...
CLANG

UN ADVERSAIRE DIGNE DE CE NOM...
JE VAIS POUVOIR ME JETER CORPS ET ÂME DANS LE COMBAT !
OUAAAH !
ÇA ALORS...
JE N'AVAIS ENCORE JAMAIS VU LE SEIGNEUR LÜ BU...
ÊTRE AUSSI HEUREUX DE SE BATTRE !
SON SOURIRE FAIT CHAUD AU CŒUR !!
OUAIIIS !
HMM...

BIZARRE ...
HERMÈS, L'UN DES 12 DIEUX DE L'OLYMPE.
SEIGNEUR ZEUS !!
DITES...
C'EST QUOI...
QUE VOUS TROUVEZ BIZARRE ?!
CE QUI SE PASSE EN CE MOMENT... C'EST IMPEN-SABLE !
HEIN ?!
LE FAIT QU'UN MORTEL ...
PAR-VIENNE À RIVALISER AVEC UN DIEU...
VOUS ÉTONNE ?!

ÇA SUFFIT, HERMÈS !!
ARRÊTE DE ME CRIER DANS LES OREILLES !
JE NE SUIS PAS ENCORE SOURD, QUE JE SACHE !!
FUIT
...
LA RÉSISTANCE DE CET HOMME EST IMPRESSIONNANTE, C'EST VRAI ...
MAIS NORMALEMENT...
VLAN
CLANG
UNE ARME CONÇUE PAR LES HUMAINS DEVRAIT ÊTRE INSTANTANÉMENT PULVÉRISÉE PAR MJÖLLNIR !
HA HA HA HA
C'EST ÇA...
HA HA !
BLAM
QUI ME SURPREND VRAIMENT !

AUCUN HOMME N'EST CENSÉ POUVOIR METTRE LA MAIN SUR UNE ARME CAPABLE DE RI-VALISER AVEC UN ARTEFACT DIVIN...
TILT
À MOINS QUE...
BROOOOOM
NIARK

HMM ...
HÉ HÉ !
CES VALKYRIES ...
ONT PLUS DE RESSOURCES QUE JE NE LE PENSAIS !
HILDE... ZEUS NOUS REGARDE AVEC UN SOURIRE QUI FAIT FROID DANS LE DOS !
HIII !
IL A SÛREMENT DEVINÉ...
AVANT LE DÉBUT DU RAGNARÖK ...
NE T'EN FAIS PAS, GÖLL...
J'AI DÉJÀ CHOISI LE PREMIER CHAMPION DE L'HUMANITÉ !
L... LÜ BU ?! MAIS TU ES FOLLE !!
IL EST BEAUCOUP TROP DANGEREUX !
IL EST CAPABLE DE MASSACRER DES CENTAINES DE PERSONNES D'UN COUP ET DE DIRE QU'IL S'EST ENNUYÉ !

ET PUIS, IL A BEAU ÊTRE LE PLUS PUISSANT GUERRIER DES TROIS ROYAUMES...
ÇA NE VEUT PAS DIRE QU'IL SERA DE TAILLE CONTRE UN DIEU...
SURTOUT CONTRE THOR !
TU AS RAISON ...
DOOOM
LÜ BU N'A AUCUNE CHANCE !
QUOI ?!
MAIS QU'EST-CE QU'ON VA FAIRE ALORS ?!
ARGH !
POUR ÊTRE LES PLUS FORTS, LES DIEUX TRICHENT...
CHEAT WEAPON !
EN UTILISANT DES ARTEFACTS DIVINS QU'ILS FONT FORGER DANS LEUR ROYAUME...
EN FACE, LES ARMES FABRIQUÉES PAR LES HUMAINS NE SONT QUE DE VULGAIRES JOUETS...
ARTEFACT DIVIN
QUI SE BRISENT AU MOINDRE IMPACT !
DONC ...
AUCUN ÊTRE HUMAIN NE PEUT THÉORIQUEMENT GAGNER CONTRE UN DIEU... C'EST IMPOSSIBLE !
C'EST BIEN CE QUE JE DIS...

WAAAA
C'EST PERDU D'AVANCE !
VOILÀ...
C'EST ÇA ! ♪
PLAF
À MOINS QUE...
LES HUMAINS AIENT EUX AUSSI DES ARTEFACTS DIVINS !
HEIN ?
C'EST SIMPLE...
SEULE UNE ARME DIVINE PEUT RÉSISTER À UNE AUTRE !
FSHH
VSHH
GROOO
?!
QU'EST-CE QU'ON PEUT FAIRE POUR TOI...
HILDE ?

TU NOUS AS ORDONNÉ DE VENIR ...
ALORS NOUS VOICI !
AH !
CE SONT LES 11 AUTRES VALKYRIES !
C'EST LA PREMIÈRE FOIS QU'ON EST TOUTES RÉUNIES...
POUR-QUOI EST-CE QUE TU...
APPRO-CHE...
RAND-GRID !

TOUT DE SUITE...
J'ARRIVE !
RANDGRID, QUATRIÈME DES VALKYRIES.
OUAAAH !!
TU CONNAIS BIEN...
LES ARTEFACTS DE THOR, NON ?
SI !
LES GANTS JARNGREIPR LUI PERMET-TENT D'ARRÊ-TER TOUTES LES ATTA-QUES...
ET MJÖLLNIR EST CÉLÈBRE DEPUIS QU'IL A DÉCIMÉ L'ARMÉE DE JÖTUNHEIM !
EXACT !

CES DEUX ARMES PERMETTENT DE TRICHER...
ELLES COMPTENT PARMI LES PLUS PUISSANTES DU MONDE DIVIN !
POUR AVOIR UN ESPOIR DE VAINCRE THOR...
IL FAUT COMMENCER PAR LEUR TROUVER UN ÉQUI-VALENT...
ES-TU PRÊTE À DONNER TON CORPS POUR CETTE CAUSE ?
OUI...
AVEC PLAISIR !
?
DE QUOI ELLES PAR-LENT ?
OUAIIIIIS !

* ANCIENNE ARME CHINOISE SIMILAIRE À LA HALLEBARDE OCCIDENTALE.

LE CORPS DES VALKYRIES ...
PEUT SE TRANSFORMER EN ARME...
ET DEVENIR UN ARTEFACT DIVIN AU SERVICE DE L'HUMANITÉ.
CE POUVOIR, C'EST...
LA FORGE DE VÖLUND !

FSH
DES ENNEMIS INVINCIBLES, DES ARMES INCASSABLES...
CLANG
VSHHH
J'ADORE ...
LE ROYAUME DES CIEUX !!
CLANG
BAM
CHACUNE DES ARMES ISSUES DE LA FORGE DE VÖLUND...
POSSÈDE DES CARACTÉRISTIQUES PROPRES EN FONCTION DES VALKYRIES.
LA QUATRIÈME D'ENTRE ELLES S'APPELLE RANDGRID...
CE QUI SIGNIFIE ...

CRRR
CRRR
...
"CELLE QUI DÉTRUIT LES BOUCLIERS".
CRAC
LE GANT, QUI EST POURTANT UN ARTEFACT DIVIN...
VIENT DE VOLER EN ÉCLATS !!
QUE LA FÊTE...
COMMENCE !!

Chroniques du Ragnarök

Travaux préparatoires

Lü Bu

Chroniques du Ragnarök

VALKYRIE APOCALYPSE

"LE MARTEAU MJÖLLNIR EST LA PLUS PUISSANTE DES ARMES DIVINES...
IL EST CAPABLE DE FENDRE MÊME LA TERRE.
MAIS EN CONTREPARTIE, SON POUVOIR PHÉNOMÉNAL ET LA CHALEUR INTENSE QU'IL DÉGAGE...
SONT TELS QU'ILS PEUVENT DÉTRUIRE SON PORTEUR.
C'EST POURQUOI THOR, LE DIEU DU TONNERRE ...
PROTÈGE SES MAINS AVEC LES GANTS JARNGREIPR."
D'APRÈS "L'EDDA".
CRAC

SI MJÖLLNIR FAISAIT FIGURE D'ARME LA PLUS PUISSANTE DE TOUT LE ROYAUME DES CIEUX, LES JARNGREIPR ÉTAIENT CONSIDÉRÉS COMME LES PLUS SOLIDES DES PROTECTIONS !
CRAAAAAAC
VOIR L'UN DES GANTS DÉTRUIT...
JE LE CROIS PAS !!
L'ARME DE LÜ BU...

A RÉDUIT EN MIETTES...
オオオオ
OOOOOOH !
L'UN DES JARNGREIPR !!
ÉTAIT TOUT SIMPLEMENT INCONCEVABLE !

BRAVO !!
BIEN JOUÉ !
VSH
ÇA VOUS EN BOUCHE UN COIN, HEIN ?!
HA HA HA !
GRR...
QU'EST-CE QUE VOUS DITES DE ÇA ?!
ZHANG FEI...
VSH
BAM
FRAN-CHEMENT, TU ES MAL PLACÉ POUR FÉLICITER LÜ BU !
CELA DIT...
JE T'AVOUE ...
QUE COMME J'AI MOI AUSSI VÉCU À LA MÊME ÉPOQUE QUE LUI ...
ET QUE JE L'AI LONGUEMENT COMBATTU ...

JE NE PEUX PAS NIER ...
PAF
QUE JE RESSENS LA MÊME FIERTÉ QUE TOI !!
FLAP
BAM
BAM
BAM
OUAIIIS !
OUAIIIS !
HOURRA !

SEIGNEUR LÜ BUUUUUU !
MON-SEIGNEUR, C'EST MER-VEILLEUX !
VOUS ÊTES LE MEILLEUR !!
COMME VOUS SEMBLEZ VOUS AMU-SER !
JE NE REGRETTE PAS D'ÊTRE MORT À VOS CÔTÉS PAR LE PASSÉ !
VAS-Y, LÜ BU !!
DÉ-FONCE-LE !
C'EST TOI MON PRÉ-FÉRÉ, DANS LES TROIS ROYAUMES !
TU AS VU ÇA ? IL EST VRAIMENT FORT !
JE NE PENSAIS PAS QUE C'ÉTAIT À CE POINT !

À CET INSTANT ...
TOUS LES HOMMES VIBRAIENT À L'UNISSON ...
CAR POUR LA PREMIÈRE FOIS...
DEPUIS LE DÉBUT DE L'HISTOIRE ...
NON, DEPUIS LA NAISSANCE DU PREMIER HOMME...
OUH !
OUH
OUH
OUH
ILS ÉTAIENT SUR LE POINT D'ASSISTER À UN VÉRITABLE MIRACLE !
OUAIIIIIS !
DOOOM
JE VOIS ...

C'ÉTAIT DONC ÇA !
TOI AUSSI ...
TU AS COMPRIS ?
LA TÂCHE DES VAL-KYRIES ...
FUIT
EST DE CHOISIR LES ÂMES.
VALKYRIES
ELLES DES-CENDENT SUR TERRE...
AFIN DE REPÉRER LES PLUS VALEUREUX GUERRIERS ET DE GUIDER LEURS ÂMES VERS LES CIEUX...

AFIN DE CONSTITUER UNE ARMÉE DIVINE...
CAPABLE DE RÉSISTER AUX FUTURES GUERRES CÉLESTES !
CROUI
SAUF QUE...
FUIT
DEPUIS DES SIÈ-CLES...
ON RACONTE QU'EN FAIT...
CE N'EST PAS POUR ÇA...
QUE LES VALKYRIES SE PRÉPARENT...

LA RUMEUR DIT...
QU'ELLES AURAIENT LA FACULTÉ D'ENTRER EN RÉSONANCE AVEC LES ÂMES DES GUERRIERS CHOISIS...
POUR SE MÉTA-MORPHOSER ET DEVENIR, ENTRE LEURS MAINS, LES MEILLEURES DES ARMES ...
ELLES LEUR OF-FRENT À LA FOIS LEUR ENVELOPPE PHYSIQUE ...
ET LA PUISSANCE NÉCESSAIRE POUR COM-BATTRE LES DIEUX D'ÉGAL À ÉGAL.
...
CRRR
CRAC
CETTE FACULTÉ SERAIT APPELÉE ...
BRRRRR
"LA FORGE DE VÖLUND" !

DES COMBATTANTS SÉLECTIONNÉS PAR LES VALKYRIES ...
TCHAK
SPROTCH
QUI AFFRONTENT LES DIEUX EN UTILISANT LA PUISSANCE DE CES MÊMES VALKYRIES ...
EN RÉSUMÉ... C'EST ÇA, LE RAGNARÖK !
BRRRR
BROOOM
EXACTEMENT.
CES PETITES PESTES ...
BRRRRRR
BROOOOOOM
CRRR
ONT ...
FOMENTÉ ...
HAN
HAN
UNE RÉBELLION CONTRE NOUS !
HAN
HAN
HAN
BRRRRRR
JAMAIS JE N'AURAIS IMAGINÉ...
CRRR
QU'ELLES IRAIENT AUSSI LOIN...
C... C'EST...

LA CHOSE LA PLUS EXCITANTE QUI SOIT ARRIVÉE ...
GROOO
DEPUIS LE BIG BANG !!

BRU-BRU...
AAH...
BRUBRUBRU...
B... BRUBRU-BRUBRU ...
BRU-BRU...
B... BRU-BRU...
...
...
BRUNEHILDE !
...
BRUNEHIIIILDE !!
DOOOM
ARRÊTE DE ME REGARDER ...
ESPÈCE DE VIEUX PERVERS MASOCHISTE OBSÉDÉ PAR LES COM-BATS !

ALLEEEEZ !
PSCHHHHH
FSHHH
QU...
QU'EST-CE QUI SE PASSE ?
QUOI ?
PSCHHHHH
PLOP
PLOP
FSHHHH
HEIN ?
HILDE... TU VOIS CE QUE JE VOIS ?!
?!

ジュオオオオ
PSCHHHHHH
MJÖLLNIR EST EN TRAIN DE DISPARAÎTRE ?!
ザワ ザワ
BLA BLA
BLA
NON ! C'EST...
L'ORICHALQUE DU SOL ...
HIIIT !
IL EST EN TRAIN DE FONDRE !
QUELLE VISION AHURISSANTE !
MJÖLLNIR EST AUSSI BRÛLANT QUE L'AFFIRMENT LES LÉGENDES !
ジュウウウウ...
PSCHHHHHH
D'AILLEURS ...
EN PARLANT DE ÇA...

COMME THOR A PERDU L'UN DE SES GANTS...
IL NE POURRA PLUS UTILISER QU'UNE SEULE MAIN POUR BRANDIR SON MARTEAU !
PSCHHHHH
DOOOM
AUTREMENT DIT...
PLUS D'ATTAQUE SPÉCIALE !
OH LÀ LÀ...
ドクン BOBOM
キョロキョロ
FUIT FUIT
?!
QU...
QU'EST-CE QUE C'EST QUE CE BRUIT ?
HMM ...
?
ドクン BOBOM
ÇA RESSEMBLE ...
À UN BATTEMENT DE CŒUR ?!

JE RÊVE, OU ÇA VIENT …
DE MJÖLLNIR ?!
BOBOM
ENFIN …
TAP
BOBOM
BOBOM
TU ES RÉVEILLÉ !
CRRR
CRIII
CRRRR

BOBOM
BOBOM
BOBOM
BOBOM
CE TRUC EST VIVANT ?!
HIIIII !
I... IL Y A... DES VEINES ET UN POULS !
GLOUPS
C'EST COMPLÈTEMENT DINGUE !
HÉ HÉ... MJÖLLNIR EST ENFIN RÉVEILLÉ !
AH BON ?
C'EST VRAIMENT BIZARRE...

HÉ HÉ HÉ...
LES LÉGENDES QUI PARLENT DE MJÖLLNIR ET DES JARNGREIPR SE TROMPENT TOUTES SUR UN MÊME POINT...
CES GANTS NE SERVENT PAS À PROTÉGER THOR DE SON MARTEAU...
FUIT
MAIS AU CONTRAIRE ...
FLAP

À CONTENIR LA PUISSANCE DU DIEU...
CRAC
AFIN QUE SES DOIGTS NE BROIENT PAS LE MANCHE DE MJÖLLNIR ...
QUAND IL DORT !
FSHHH

PFF...
ESPÈCE DE PARESSEUX, VA !
PLOF
PSCHHHHH
CRRR
VSH
PLOP
HI HI HI !!
IL L'A SOULEVÉ !
MESDAMES ET MESSIEURS...
HUMAIN !

OU PLUTÔT ...
LÜ BU, C'EST BIEN COMME ÇA QUE TU T'APPELLES ?
J'AI UN SERVICE ...
À TE DEMANDER...
DOOOM
DOOOM
WOOSH

NE MEURS PAS TROP VITE !
DOOOOM
CETTE FOIS-CI, LÜ BU A RÉUSSI À FAIRE SORTIR THOR DE SES GONDS !
QUE NOUS RÉSERVE LA SUITE ?
QUELLE PRESSION ! QUELLE TENSION ! C'EST DU JAMAIS VU !!
OUAIIIIS !
TRIIIIIIII
?
TRIIIIIIII
BIP
HILDE ! ILS ONT DEMANDÉ ...
DE COUPER LES APPAREILS ÉLECTRONIQUES AVANT LE DÉBUT DU DUEL !

?
EUH ...
HAN HAN
HAN HAN
TOUT VA BIEN ?
...

J'AI LA LISTE ...
VSH !!
DE TOUS CEUX QUI PARTICIPENT AU RAGNARÖK !!
HMM...
HEIN ?
SUR CE BIDULE ?!
BROOOOM
LE COMPTE À REBOURS A COMMENCÉ !
13 COMBATS AVANT L'ÉVENTUEL ANÉANTISSEMENT DE L'HUMANITÉ !
BRRRR
LES NOMS QUI FIGURENT SUR CETTE LISTE...
SONT LES 13 DERNIERS HOMMES !
BROOOOOM

HUMAINS

QIN SHI HUANG
LÉONIDAS
NIKOLA TESLA
KOJIRO SASAKI
JACK L'ÉVENTREUR
ADAM
TAMEEMON RAIDEN
SOJI OKITA
MICHEL DE NOSTREDAME, DIT NOSTRADAMUS
GRIGORI RASPOUTINE
LÜ BU
SIMO HÄYHÄ
SAKATA NO KINTOKI, DIT KINTARO

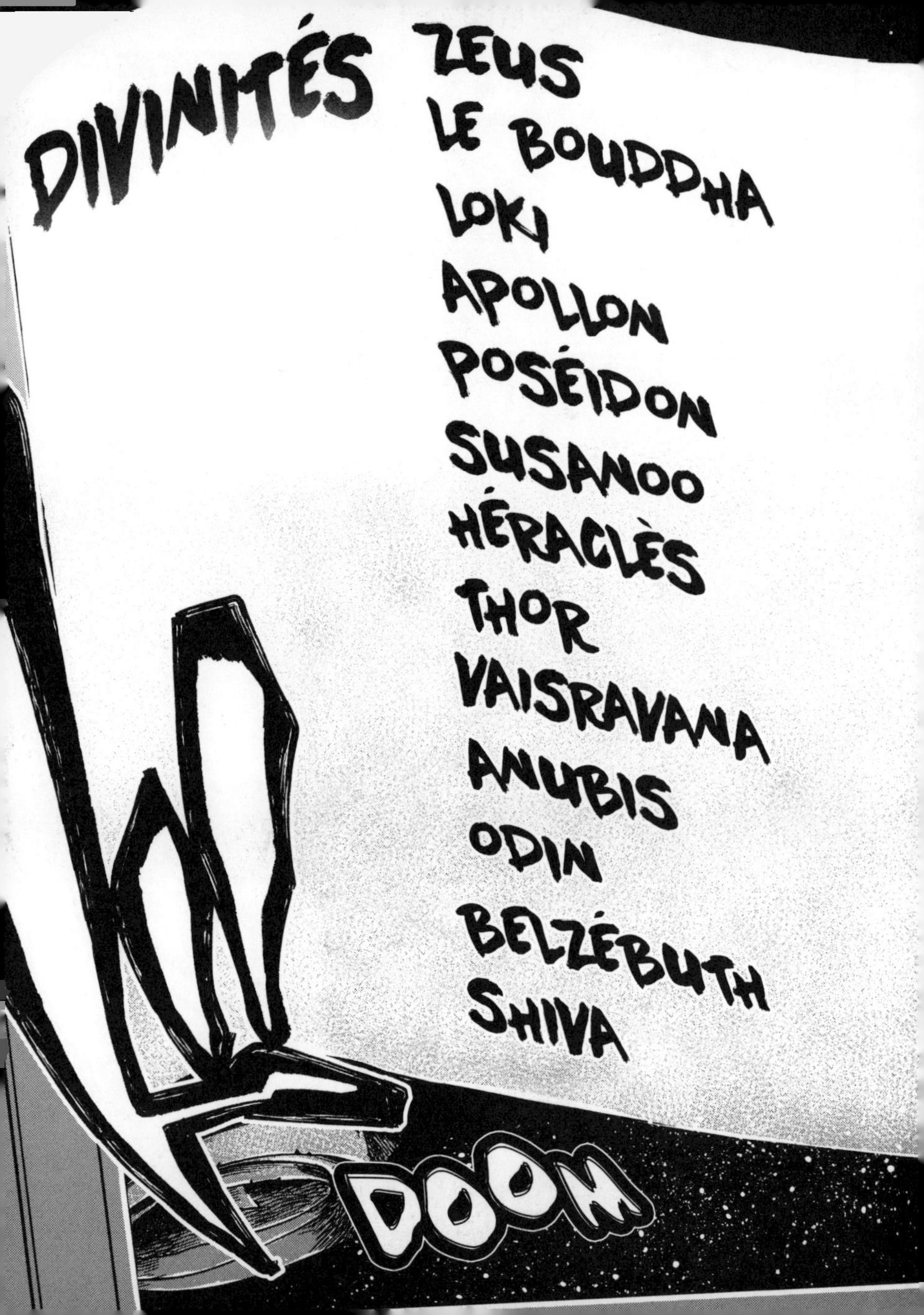
DIVINITÉS
ZEUS
LE BOUDDHA
LOKI
APOLLON
POSÉIDON
SUSANOO
HÉRACLÈS
THOR
VAISRAVANA
ANUBIS
ODIN
BELZÉBUTH
SHIVA
DOOM

LES DERNIERS ?
HA HA !
AU CONTRAIRE !
NOS GUERRIERS ...
SONT CEUX QU'UN JOUR PROCHAIN, ON APPELLERA ...
LES HÉROS TUEURS DE DIEUX...
LES EINHERJAR !
13 CHAMPIONS CÉLESTES CONTRE 13 EINHERJAR...
DOOOM
RÉUNIS DANS UNE MÊME ARÈNE POUR LA BATAILLE ULTIME !

À SUIVRE…

First Published in Japan in Monthly Comic ZENON by North Stars Pictures, Inc.
French translation rights arranged with North Stars Pictures, Inc., Tokyo
through Tuttle-Mori Agency, Inc., Tokyo

Édition française

Traduction :
Alex Ponthaut

Adaptation graphique :
Clair Obscur

ISBN : 979-10-327-0481-3
Dépôt légal : septembre 2019
Achevé d'imprimer en Italie par Grafica Veneta